Courage, Trouillard !

Arnaud Alméras est né à Paris en 1967. Il vit aujourd'hui à Sceaux avec sa femme et ses deux filles. Parallèlement à son métier de documentaliste, il invente des histoires pour les enfants.

Du même auteur dans Bayard Poche :
Attention, voilà Simon ! (Les belles histoires)
Mystères et carabistouilles - Le lit voyageur - L'île aux pirates (J'aime lire)

Martin Matje est né en 1962 à Paris, où il vit toujours. Martin est un illustrateur qui touche à tout ! De la publicité aux histoires pour tout-petits, sans oublier les romans pour plus grands.

Du même illustrateur dans Bayard Poche :
Le lit voyageur (J'aime lire)

Cinquième édition

Dépôt légal : mars 2003
Loi du 16 juillet 1949 sur les publications destinées à la jeunesse.

Courage, Trouillard !

Une histoire écrite par Arnaud Alméras
illustrée par Martin Matje

J'AIME LIRE
BAYARD POCHE

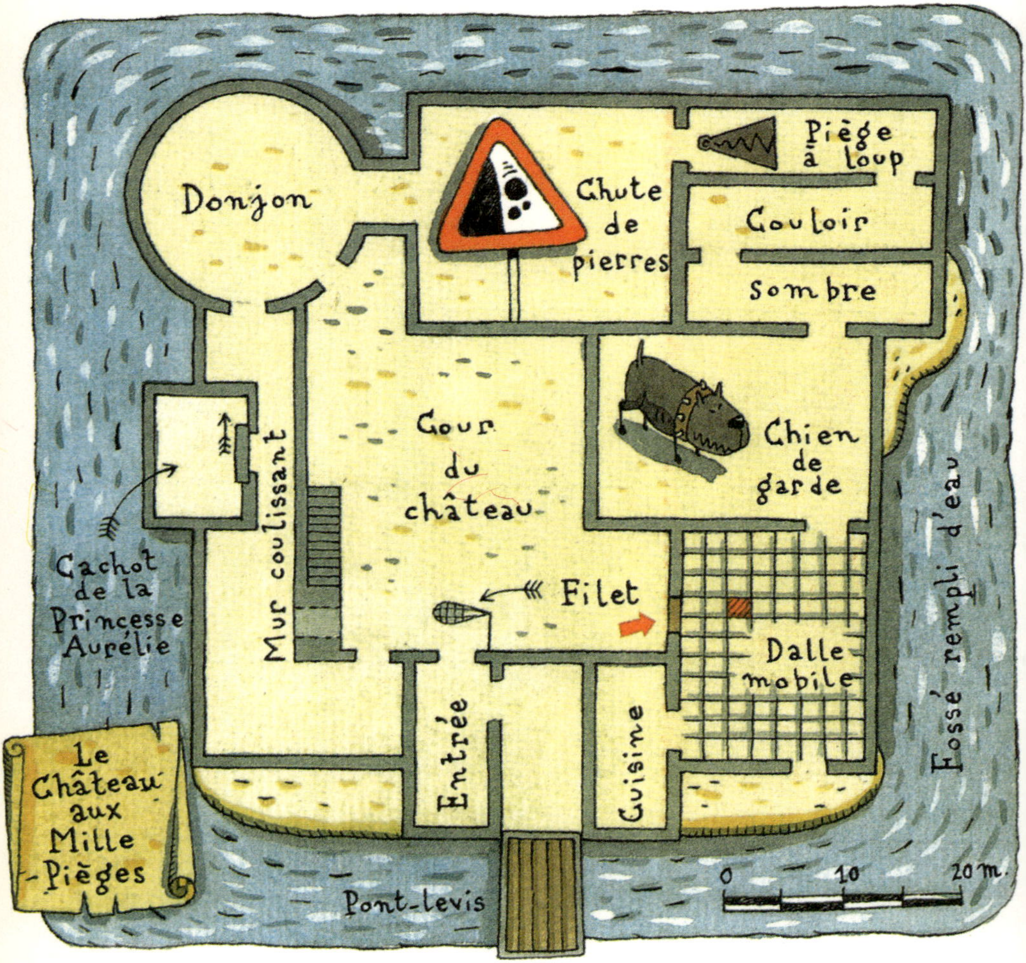
Le Château aux Mille-Pièges
Donjon
Chute de pierres
Piège à loup
Couloir
Sombre
Chien de garde
Cour du château
Mur coulissant
Cachot de la Princesse Aurélie
Filet
Dalle mobile
Fossé rempli d'eau
Entrée
Cuisine
Pont-levis
0
10
20 m.

1
Ça sent le roussi !

Trouillard était l'écuyer* du très vieux chevalier Du Desclin qui ne combattait plus et ne montait à cheval que de temps en temps. Cela convenait parfaitement à Trouillard : il se

* Au Moyen Âge, l'écuyer était au service d'un chevalier et il l'accompagnait à la guerre.

contentait de faire briller l'armure et l'épée du chevalier, de préparer ses repas, de nourrir et de brosser son cheval.

Trouillard gagnait ainsi sa vie, à l'abri du danger et des aventures. Mais il passait son temps à se vanter d'exploits* imaginaires qu'il réalisait aux côtés de son chevalier.

* Il passait son temps à dire qu'il avait fait des choses difficiles et dangereuses.

Et tous les soirs, il disait à sa femme en soupirant :

– Dommage que mon chevalier soit si vieux... Je voudrais tant faire la guerre et partir en croisade ! On verrait enfin mon courage !

Et tous les soirs, sa femme lui répondait :

– Partir en croisade ? Quelle idée ! Moi qui aimerais tant que nous possédions une petite ferme tranquille, et qui rêve de ne plus entendre

parler de tous ces combats et de toutes ces batailles !

Mais, un matin, le chevalier Du Desclin annonce à Trouillard :

– Le Scarabée Noir a enlevé la princesse Aurélie !

Et Du Desclin explique :

– Cet abominable chevalier veut épouser la princesse depuis longtemps, mais elle lui a toujours ri au nez... Il l'a enfermée dans un cachot minuscule où il n'y a jamais de lumière. Il dit qu'il ne la libérera que si elle accepte de l'épouser ! Aucun des chevaliers qui sont partis la délivrer n'est revenu...

Trouillard devient tout vert. Le vieux chevalier dit enfin :

– Je suis le dernier chevalier du pays à pouvoir la sauver. Nous partirons donc à son secours demain à l'aube...

Trouillard devient tout blanc.

Ce soir-là, Trouillard serre longuement sa femme dans ses bras :

– Évidemment, si j'aide à délivrer la princesse, j'aurai une belle récompense.

– Nous pourrons alors nous acheter quelques poules, ou bien des lapins... si seulement tu reviens..., soupire sa femme.

Soudain, elle s'écrie :

– Mais pourquoi trembles-tu ?

– Heu, c'est... c'est l'excitation du combat... J'y pense déjà !

Cette nuit-là, Trouillard ne peut pas fermer l'œil, il se tourne dans son lit, il se lève, regarde fixement par la fenêtre. Il répète sans cesse en se tordant les mains :

– Pauvre de moi ! Je dois aller combattre le terrible Scarabée Noir dans son épouvantable château aux Mille Pièges... Dans quelle aventure suis-je embarqué ?

2
Le château aux Mille Pièges

Au petit matin, Trouillard rejoint son chevalier, et ils se mettent en route. Ils finissent par arriver devant le sinistre château aux Mille Pièges. Des corbeaux planent au-dessus du donjon tout noir en poussant des cris qui font froid dans le dos, et, bizarrement, le pont-levis est abaissé...

« Ce château
me glace le sang,
pense Trouillard. Fichue
princesse ! Quelle idée
d'être prisonnière dans un
endroit pareil ! »

Le chevalier Du Desclin et son écuyer s'engagent sur le pont-levis, puis ils pénètrent dans la cour du château…

À peine sont-ils entrés dans la cour que le pont-levis se relève. Soudain, le chevalier pousse un grand cri, ses pieds quittent les étriers et il se retrouve prisonnier d'un filet, suspendu à deux mètres du sol...

Trouillard est terrifié par le cri que vient de pousser le chevalier. Il se met à courir droit devant lui, il traverse la cour sans se retourner et il se jette sur la première porte qu'il rencontre.

Quand il l'a refermée derrière lui, il reprend son souffle :

– Ouf, j'ai eu chaud...

Mais il se rend compte qu'il est dans une petite salle sombre pas très rassurante.

« Il vaut mieux que je me sauve d'ici en vitesse », se dit-il.

Il essaie de rouvrir la porte... Impossible de la faire bouger d'un centimètre, elle n'a pas de poignée !

C'est alors qu'une voix résonne :

– Te voilà prisonnier du château aux Mille Pièges. C'est un vrai labyrinthe, alors bon courage, pauvre imprudent !

Trouillard se décide à avancer dans la pénombre... Il marche sur la pointe des pieds, son cœur bat comme un tambour. Soudain, au milieu de la petite salle, une dalle commence à s'enfoncer sous ses pieds.

– Aaah ! crie Trouillard en sursautant.

Vite, il se jette par terre, les mains sur la tête. Il entend alors une volée de flèches siffler au-dessus de ses oreilles.

Trouillard soulève un bras, il ouvre un œil, et il voit toutes les flèches plantées dans la porte. Il se met à trembler :

– Je l'ai échappé belle...

Il respire un grand coup. Puis il se souvient de la princesse :

– Peut-être n'est-elle pas loin d'ici ? Elle m'aiderait sûrement à retrouver la sortie...

Trouillard se redresse lentement, il appelle d'une voix qui tremblote :

– Houhou ! prin... cesse... où êêêtes-vous ?

C'est alors qu'un grognement terrifiant retentit. Les jambes de Trouillard deviennent comme du coton. L'instant d'après, un grand chien noir aux crocs puissants bondit...

Trouillard s'effondre par terre, évanoui.

Le chien est emporté par son élan, il passe au-dessus de l'écuyer et il s'écrase contre le mur.

Quand Trouillard se réveille, il découvre l'énorme chien de garde assommé à ses côtés. Il se lève en vitesse, il traverse la salle et il referme vite la porte derrière lui.

Trouillard se retrouve dans un couloir très sombre.

– Mais qu'est-ce que je fais là ? gémit-il.

Puis il repense à la princesse prisonnière dans son cachot : « À deux, on arrivera peut-être à s'en sortir... »

Et il appelle :

– Houhou ! princesse ... où... êêêtes-vous ?

En même temps, l'écuyer Trouillard avance dans le couloir. Il ouvre grands les yeux, il tend l'oreille, et son cœur bat très fort.

Soudain, il pose le pied sur une sorte de ressort. Il bondit de frayeur, et les deux mâchoires en métal d'un piège à loup se referment dans le vide.

Trouillard sent ses cheveux se dresser sur sa tête, il se met à courir droit devant lui dans le couloir.

– Quand ce cauchemar va-t-il cesser ? murmure-t-il.

Il bute dans une nouvelle porte, il se précipite pour l'ouvrir. En se refermant, la porte claque dans son dos. Trouillard fait un bond d'un mètre en poussant un hurlement de peur. Derrière lui, une énorme pierre s'écrase à l'endroit où il se tenait une seconde plus tôt !

3
Trouillard se fâche

Trouillard est paralysé, il ne sait plus par où fuir et il se désespère :

– Je n'en peux plus, jamais je ne sortirai vivant d'ici...

Les larmes lui montent aux yeux. D'une main, il essuie la sueur qui coule sur son front

et, de l'autre main, il s'appuie contre le mur… qui se met à coulisser !

Stupéfait, Trouillard découvre un cachot.

– Princesse Aurélie ! s'écrie-t-il. Je… J'ai… je vous ai trouvée ! Je suis sauvé ! Enfin, je veux dire, vous êtes sauvée, bien sûr... Venez vite, il faut quitter cet endroit atroce... Ne craignez rien, je vais vous suivre !

Trouillard essaie de défaire les liens de la princesse, mais ses mains tremblent terriblement :

– Et zut ! C'est trop serré !

La princesse le regarde en fronçant les sourcils :

– Et d'abord, qui êtes-vous ?

– Je... je... je suis... Oh là là ! je me fais mal aux doigts

sur ces cordes. Comment ce nœud peut-il être aussi serré ?

La princesse regarde l'écuyer de la tête aux pieds d'un air dédaigneux, sans un mot.

« Clac clac ! Clac clac clac ! »

– Qu'est-ce que c'est que ce bruit ? gémit-il.

La princesse hausse les épaules :

– Mais c'est vous qui claquez des dents ! Vous tremblez comme une poule mouillée, vous n'avez pas d'épée, vous n'êtes même pas blessé ! Et moi qui attendais un vrai chevalier ! Je suis une princesse, tout de même ! Je mérite une libération grandiose...

La princesse se dirige vers un coin de la cellule :

– Allez, aidez-moi, je vais scier la corde en la frottant contre cette pierre, puisque vous êtes incapable de me délivrer tout seul ! Qu'est-ce que c'est que ce minus ?

Alors une énorme colère envahit l'écuyer Trouillard. Un voile rouge passe devant ses

yeux et sa bouche fait une grimace terrible...

Il défait le nœud avec les dents. Quand il se relève, il est écarlate et il explose :

– Moi, un minus ? Je suis l'écuyer du célèbre chevalier Du Desclin ! J'ai couru des dangers inimaginables, j'ai failli mourir dix fois, j'ai découvert le passage secret pour vous libérer, et voilà comment vous me remerciez !

Il y a une porte basse au fond du cachot. Trouillard donne un coup de pied dedans, et la porte vole en éclats.

Il sort du cachot en bouillant de colère. Tandis qu'il s'éloigne à grands pas, il répète :

– Moi, un minus ! Ça, c'est la meilleure !

La princesse le poursuit :

– Ne vous fâchez pas ! Hé, attendez-moi !

Trouillard pousse une nouvelle porte et il se retrouve dans la cour du château...

Il fonce droit devant lui sans regarder où il va. Il grogne entre ses dents en serrant les poings :

– Ah ! Ça, c'est la meilleure ! J'ai découvert la princesse en évitant tous les pièges et...

Mais soudain Trouillard lève la tête. Sur le pont-levis se tient un chevalier dans une armure si noire et si brillante qu'il ressemble à un énorme scarabée... Il a tellement de cheveux, tellement de barbe, tellement de sourcils qu'on voit à peine ses petits yeux noirs et méchants et son petit nez pointu au milieu du visage.

Le chevalier rugit d'une voix terrible :

– Il te reste encore un obstacle à franchir, mauviette* !

* Une mauviette, c'est quelqu'un de fragile et sans force.

4
Le Scarabée Noir

Le Scarabée Noir pose son heaume sur sa tête. Puis il soulève une énorme massue hérissée de pointes de fer.

– Prépare-toi à mourir, moucheron ! dit-il d'une voix terrible.

– Moi, un moucheron ! On va voir ce qu'on va voir ! répond Trouillard.

L'écuyer est si furieux qu'il se glisse entre les jambes du Scarabée Noir, il grimpe sur son dos et il martèle son heaume avec ses poings.

– Poussez-vous, ou je vous écrabouille ! hurle-t-il. Je n'en peux plus des flèches, des pièges, des puits, des filets, des cachots et des princesses ! Et puis j'en ai assez qu'on se moque de moi !

Le chevalier éclate d'un grand rire qui résonne sous son heaume... Il se secoue, tandis que Trouillard s'accroche de toutes ses forces. Le Scarabée Noir lève son énorme massue pour l'abattre sur l'écuyer, mais Trouillard saute par terre, et la massue s'écrase sur le crâne du chevalier.

Le Scarabée Noir perd l'équilibre, tombe du pont-levis et s'enfonce dans les eaux noires des douves*...

* Une douve, c'est le fossé rempli d'eau qui entoure un château fort.

La princesse, toute tremblante, embrasse les mains de Trouillard :

– Oh ! Vous êtes mon sauveur... Vous êtes un vrai héros ! Excusez-moi pour tout à l'heure...

Trouillard a l'impression de sortir d'un vrai cauchemar. Toute sa colère est retombée. Il frissonne :

– Mais... qu'est-ce qui m'est arrivé ?

Il se penche et il regarde dans les douves pour s'assurer que le Scarabée Noir ne réapparaît pas...

Soudain, il a le vertige.

Il gémit :

– Princesse !

La princesse Aurélie se précipite, très inquiète, en se demandant ce qu'il a vu.

Trouillard lui tend la main :

– Aidez-moi à me relever, s'il vous plaît. C'est que j'ai laissé beaucoup de forces dans ce terrible combat !

– Trouillard ! Trouillard ! crie soudain une voix.

L'écuyer sursaute et se cache derrière la princesse. Elle se tourne vers lui :

– Quel courage ! Vous prenez tous les risques pour me protéger. Mais ce cri ne vient pas des douves. Regardez ! C'est un vieux chevalier qui est prisonnier d'un filet !

Trouillard ramasse l'épée du chevalier et il coupe le filet. Il libère ainsi le chevalier, tout moulu et courbaturé... Trouillard bombe le torse, il explique au chevalier :

– Pendant que vous étiez prisonnier, je suis parti à la recherche de la princesse. J'ai évité les pièges du labyrinthe, j'ai assommé un énorme chien à mains nues, j'ai découvert le cachot de la princesse et... et...

Le chevalier termine :

– Et quel combat contre le Scarabée Noir !

– Oh ! Mais ce n'était rien par rapport à mes combats dans le labyrinthe ! Si vous aviez vu ça...

Le chevalier Du Desclin et Trouillard reconduisent la princesse Aurélie jusqu'à son château. Quand ils arrivent, le chevalier Du Desclin est acclamé par les gardes et les valets :

– Bravo !

– Hourra pour Du Desclin !

– Que disent-ils ? demande le chevalier, qui est un peu dur d'oreille.

La princesse ne se soucie pas de lui, elle se jette dans les bras de son père :

– C'est l'écuyer Trouillard qui m'a délivrée ! Et il nous a débarrassés du Scarabée Noir pour toujours !

À ces mots, les gens du château portent Trouillard en triomphe, ils l'applaudissent, ils l'acclament.

– Doucement, attendez ! Non, faites bien attention..., supplie Trouillard.

Il a le vertige encore une fois, et il essaie désespérément de se raccrocher aux bras qui le lancent en l'air.

– Arrêtez ! crie-t-il. Je veux descendre ! Arrêtez ! Je ne mérite pas ça ! Je ne fais que mon devoir. Arrêtez donc, je vous dis !

5
Le chevalier Trouillard

Une grande cérémonie a lieu en l'honneur de Trouillard, en présence du roi et de tous les chevaliers du royaume. À la fin du festin, le roi se lève, il fait s'agenouiller l'écuyer devant lui et il pose son épée sur son épaule :

– Trouillard, je te fais chevalier...

Trouillard sent la lame sur son épaule.

– Attention, Majesté, ça peut couper fort..., murmure-t-il.

Le roi continue :

– Désormais, tu seras le Chevalier Écarlate en souvenir de ton magnifique combat contre le Scarabée Noir. Voici ton épée, voici ton armure, voici ton cheval, et voilà un coffre rempli d'or... Fais-en un noble usage !

Trouillard rentre fièrement chez lui.

Là, pour la cinquième fois, il raconte à sa femme comment il a délivré la princesse et vaincu le Scarabée Noir.

– Quel courage, mon héros ! lui dit sa femme en se blottissant dans ses bras.

Mais, le soir venu, quand Trouillard a raconté et embelli ses aventures pour la dixième fois, sa femme se met à regarder dans le vague.

– Maintenant que tu es chevalier, lui dit-elle, tu vas vouloir partir en croisade...

Trouillard ouvre des yeux tout ronds, et il bafouille :

– Ah ? Ah oui, tu crois ? Heu, oui, oui... bien sûr, je pourrais partir...

Sa femme se jette à son cou :

– Je t'en prie, ne pars pas tout de suite ! Avec cet or, achetons une ferme. Tu pourras te reposer et reprendre des forces.

Trouillard pousse un soupir de soulagement :

– Tu as sans doute raison... Pour toi, je pourrais même peut-être renoncer aux croisades !

Trouillard et sa femme enterrèrent les armes au fond du jardin. Avec l'or ils s'achetèrent une grande ferme. Et la belle armure de Trouillard devint le plus impressionnant épouvantail qu'on ait jamais vu, de mémoire de chevalier !

C'est dur d'être un vampire

La vieille dame et le fantôme

Le professeur Cerise

Courage, Trouillard !

C'est la vie, Julie !

Drôles de contrôles

L'Indien qui ne savait pas courir

La princesse s'est encore sauvée

L'exploit de Gara

Maudit Manoir

Dans le manoir de Mortelune vit une bande de monstres affreux, méchants et bagarreurs : tu vas les adorer !

Retrouve les héros de Maudit Manoir dans le magazine *Astrapi*.

Achevé d'imprimer en mai 2005 par Oberthur Graphique
35000 RENNES – N° Impression : 6470
Imprimé en France